Tant dort le chat qu'à la fin il s'éveille.

ISBN 978-2-211-09609-6

Titre de l'édition originale : « Leo the late bloomer » (Windmill Books, New York, 1971)
Loi numéro 49 956 du 16 juillet 1949 sur les publications
destinées à la jeunesse : novembre 1972
Dépôt légal : novembre 2009
Imprimé en France par Mame imprimeurs à Tours

LÉO

Une histoire de Robert Kraus
racontée en images par José Aruego

l'école des loisirs
11, rue de Sèvres, Paris 6e

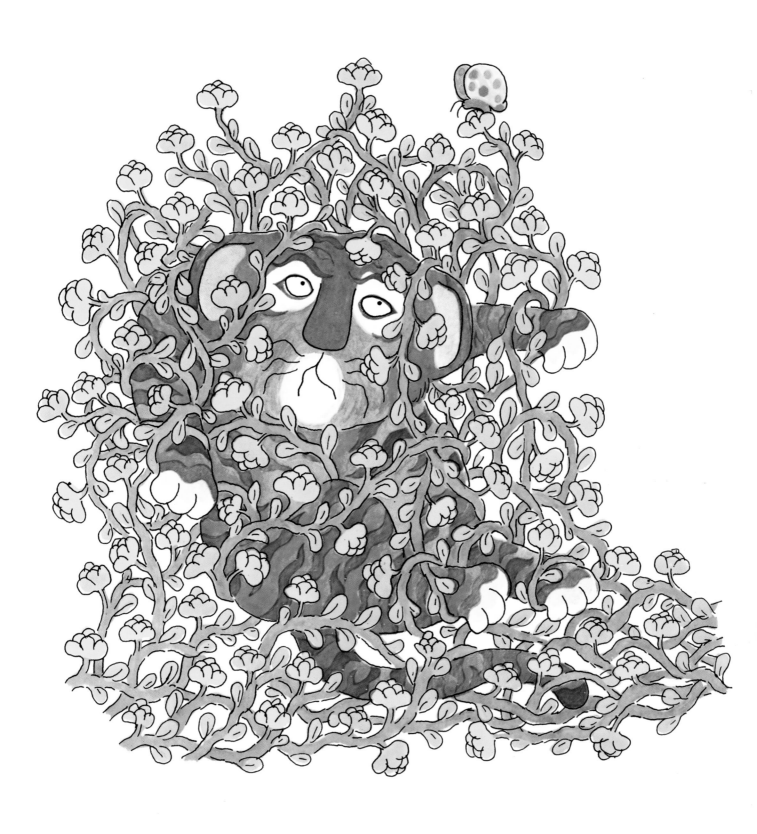

Léo ne savait rien faire convenablement.

Il ne savait pas lire.

Il ne savait pas écrire.

Il ne savait pas dessiner.

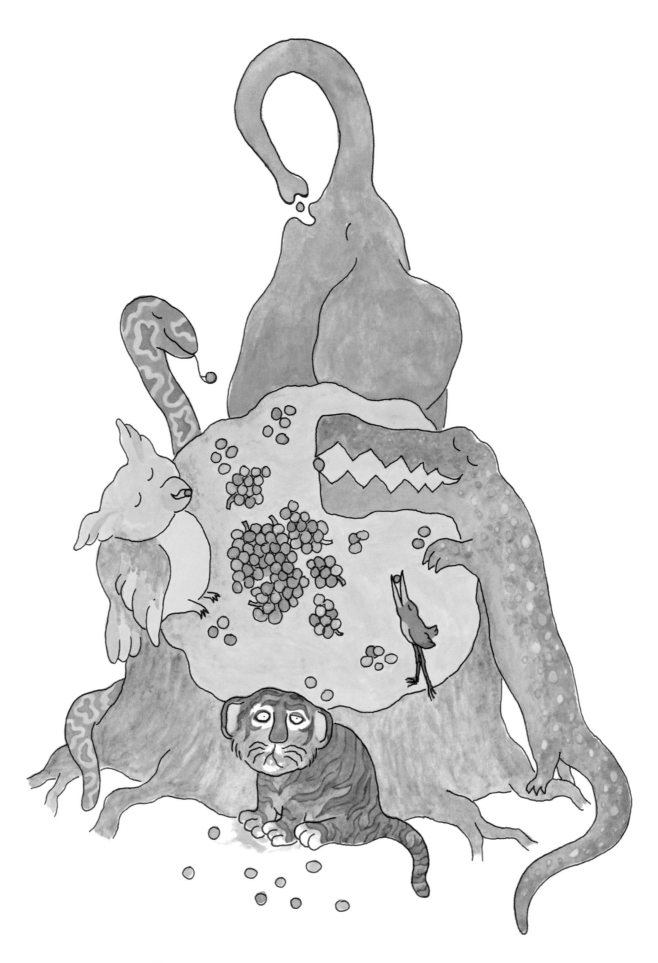

Il mangeait comme un bébé.

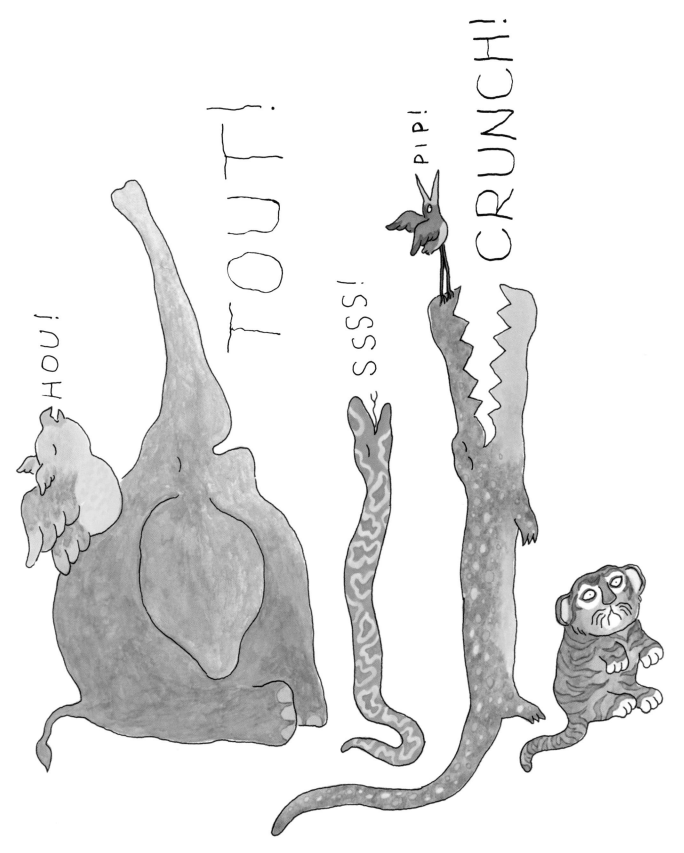

Il ne disait pas un mot.

« Que peut donc avoir Léo ? »
demandait son père.
« Il n'a rien », répondait sa mère.
« Léo est lent à s'épanouir,
c'est une fleur tardive. »
« Mieux vaut tard que jamais »,
pensait le père.

Et chaque jour Papa Tigre observait son Léo
pour voir s'il avait fait des progrès.

Et chaque nuit Papa Tigre observait son Léo
pour voir s'il avait fait des progrès.
Mais il ne voyait rien venir.

«Es-tu bien sûre que Léo s'épanouira un jour ?»
demandait le père.
«Patience !» répondait la mère.
«Ne l'observe pas tout le temps !
Laisse-le tranquille.»

Le père de Léo essaya d'oublier son fils
et regarda la télévision.

Les froids de l'hiver apportèrent la neige.
Le père de Léo laissait passer le temps,
mais Léo ne s'éveillait pas.

Les arbres bourgeonnèrent.
Le père de Léo laissait passer le temps,
mais Léo ne s'éveillait pas.

Et puis, tout d'un coup, à son heure,
Léo s'épanouit comme les fleurs au soleil.

Maintenant, il sait lire.

Maintenant, il sait écrire.

Maintenant, il sait dessiner.

Il mange proprement.

Il sait aussi parler.
Et il ne répète pas toujours le même mot.
Il peut dire toute une phrase,
et cette phrase c'est…

« Moi aussi, je sais le faire. »

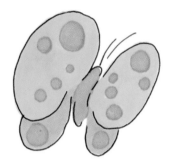
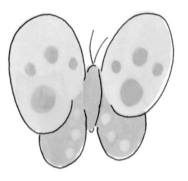